Another Sommer-Time Story™ Bilingual

# The RICHEST POOR KID

## El Niño Pobre Más Rico Del Mundo

by Carl Sommer
Illustrated by Jorge Martinez

Advance PUBLISHING, INC. • HOUSTON
A Division of Sommer Learning Group

Permissions
Advance Publishing, Inc.
6950 Fulton St.
Houston, TX 77022

www.advancepublishing.com

First Edition
Printed in Malaysia

Library of Congress Cataloging-in-Publication Data

Sommer, Carl, 1930-
  [Richest poor kid. English & Spanish]
  The richest poor kid = El niño pobre más rico del mundo / by Carl Sommer ; illustrated by Jorge Martinez. -- 1st ed.
      p. cm. -- (Another Sommer-time story)
  Summary: Randy hates being poor, so when he is magically granted two wishes, the first thing he wishes is for everything he touches to turn to gold.
  ISBN-13: 978-1-57537-165-8 (library binding : alk. paper)
  ISBN-10: 1-57537-165-0 (library binding : alk. paper)
  [1. Family life--Fiction. 2. Wishes--Fiction. 3. Gold--Fiction. 4. Spanish language materials--Bilingual.] I. Martinez, Jorge, 1951- ill. II. Title. III. Title: Niño pobre más rico del mundo.

PZ73.S6557 2008
[E]--dc22
                                                                              2008001853

Another Sommer-Time Story™ Bilingual

# The RICHEST POOR KID

## El Niño Pobre Más Rico Del Mundo

4

Randy had an old problem. Everything he had was *old*—and to Randy it was a big, BIG problem.

Randy tenía un viejo problema. Todo lo que tenía era *viejo*—y para él eso era un gran, GRAN problema.

Randy lived in an old wooden house. It was clean, but it was much too old for Randy. His friends lived in beautiful brick houses.

Randy had an old bicycle and a few old toys, but his neighbor Mike had a new bike and lots of new toys. Whenever Mike saw Randy riding his old bike, he yelled, "Get your piece of junk off the road!" Then he laughed at Randy for riding his old bike.

Randy vivía en una vieja casa de madera. Era limpia, pero demasiado vieja para Randy. Las de sus amigos eran hermosas casas de ladrillo.

Randy tenía una bicicleta vieja y unos pocos juguetes viejos, pero su vecino Mike tenía una nueva, y montones de juguetes flamantes. Siempre que Mike veía pasar a Randy en su vieja bicicleta, le gritaba, "¡Quita esa basura del camino!". Y se reía de Randy por andar en su bicicleta vieja.

This made Randy furious. When Randy got out of sight, he would give his old bike a swift hard kick, and yell, "Ohhhhh! How I wish I were rich! I'd buy a new bike and get rid of this old piece of junk!"

Esto enfurecía a Randy. Ni bien salía de la vista, le daba a su vieja bici una patada y gritaba, "¡Ohhhhhhh! ¡Ojalá fuera rico! ¡Me compraría una bici nueva y tiraría esta porquería vieja!"

"Why can't I get new clothes?" Randy always complained. "And why do I always have to wear hand-me-downs from my brother?"

"¿Por qué no puedo tener ropa nueva?", se quejaba siempre Randy. "¿Y por qué tengo que usar siempre la que heredo de mi hermano?"

When Randy rode in their old family car, he always grumbled, "Everything I have is old, old, OLD! How I *wish* I were rich! Then I'd get *everything* NEW!"

Cuando iba en el viejo auto de la familia, Randy refunfuñaba todo el tiempo, "Todo lo que tengo es viejo, viejo, ¡VIEJO! ¡Cómo *querría* ser rico! ¡Me compraría *todo* NUEVO!"

One day Randy asked his sister, "Why are we so poor?"

"Dad died when you were three years old," explained his sister, "now Mom has to work to support us. Mom barely makes enough money to pay for rent and food, so there's never any money left for new things."

Then Mom walked in and gave Randy a big hug. Mom always gave her children lots and lots of love.

Un día Randy le preguntó a su hermana, "¿Por qué somos tan pobres?"

"Papá murió cuando tú tenías tres años", le explicó su hermana. "Ahora Mamá tiene que trabajar para mantenernos. Apenas gana lo suficiente para pagar la renta y la comida, por eso nunca nos sobra dinero para cosas nuevas".

Luego entró Mamá y abrazó con fuerza a Randy. Mamá les daba siempre muchísimo amor a sus hijos.

In the evenings, Mom had her children read books from the library. When they were finished reading, they sat together and talked. Mom often remarked, "I want you to make a better life for yourself, but as long as we have food and clothing, we should be happy and content."

"Not me!" Randy always mumbled to himself. "Look at my friends. They have new things, and they're always happy. I have old things, and I'm always miserable!"

Por las tardes, Mamá los hacía leer libros de la biblioteca. Al terminar de leer, se sentaban todos juntos y conversaban. Mamá les decía con frecuencia, "Yo quiero que ustedes tengan una vida mejor, pero en tanto tengamos comida y ropa, tenemos que estar felices y contentos".

"¡Yo no!", refunfuñaba siempre Randy para sí. "Mira a mis amigos. Tienen cosas nuevas, y siempre están contentos. Yo tengo cosas viejas, ¡y me siento siempre infeliz!"

There was another thing that made Randy mad—really mad. His mom believed that teaching children how to work would help them when they became older. She often said, "Learning to work is the path to success."

Randy and his brother and sister had to do all kinds of chores.

Había otra cosa que a Randy lo ponía furioso—muy furioso. Su mamá pensaba que enseñarles a los niños a trabajar los ayudaría cuando fueran mayores. A menudo les decía, "Aprender a trabajar es el camino para el éxito".

Randy, su hermano y su hermana tenían que hacer todo tipo de tareas. Lavaban los platos, aspiraban los pisos, sacudían el polvo a

They cleaned the dishes, vacuumed the floors, dusted the furniture, took out the garbage, helped with the laundry, weeded the garden, mowed the lawn, and did whatever else was needed.

Randy often complained, "Look at Mike. He never works, but *I* have to do all kinds of work!"

los muebles, sacaban la basura, ayudaban con el lavado de la ropa, arrancaban las hierbas del jardín, cortaban el césped y hacían lo que hiciera falta.

Randy se quejaba con frecuencia, "Mira a Mike. No trabaja nunca; en vez *yo*, ¡tengo que hacer de todo!"

One day Mike saw Randy weeding the garden. "Look at the poor servant boy," he yelled. Then he let out a loud laugh and said, "Make sure you're pulling out all the weeds."

Un día Mike vio a Randy arrancando hierbas del jardín. "Mira al pobre niño sirviente", le gritó. Y soltando una carcajada le dijo, "Asegúrate de quitar todas las malas hierbas".

Randy, his face red with anger, groaned, "Ohhhh! If only I were rich! Then I'd get someone to do all my work. Then no one would ever laugh at me again!"

Randy, con la cara roja de furia, aulló, "¡Ohhhhhh! ¡Si sólo pudiera ser rico! Contrataría a alguien para que me hiciera todo el trabajo. ¡Nadie se volvería a reír de mí nunca más!"

Randy hated to be corrected. Whenever his teacher said, "To become successful you must learn how to work," Randy got angry.

When his teacher repeated what his mom had tried to teach him, "Remember, things don't bring happiness. If you have a loving home, clothes to wear, and food to eat, you should be happy."

Randy became furious. "No way!" he grumbled.

Randy detestaba que lo corrigieran. Cada vez que su maestra decía, "Para tener éxito deben aprender a trabajar", él se enojaba.

Cuando su maestra le repetía lo que su mamá había tratado de enseñarle, "Recuerda, las cosas materiales no traen la felicidad. Si tienes un hogar con amor, ropa para ponerte y alimentos para comer, debes estar feliz",

Randy se enfurecía. "¡De ningún modo!", gruñía.

"Happiness comes by having *new* things!"

Then Randy would close his eyes and dream, "I wish my pockets were filled with gold so I could buy anything I want. Then I'd throw away all my old junk and buy everything new. Then no one could ever tease me again. Ohhhh! How I *wish* I were rich! Then I'd be the *happiest* kid in the *whole* world!"

"¡La felicidad llega por tener cosas *nuevas*!"

Y Randy cerraba sus ojos y soñaba, "Ojalá tuviera los bolsillos llenos de oro, para poder comprarme todo lo que quiero. Tiraría todas mis porquerías viejas, y compraría todo nuevo. Y así nadie se volvería a burlar de mí. ¡Ohhhh! ¡Cómo me *gustaría* ser rico! ¡Sería el niño *más feliz* de *todo* el mundo!"

After doing his chores one night, Randy threw himself on his bed and groaned, "Ohhhhh! If only I were rich, I'd be so happy. I'd never have a sad day in my life again!"

Randy had not done anything unusual that day—nothing that would explain what was about to happen.

Una noche, después de terminar sus tareas, Randy se tiró sobre la cama y se lamentó. "¡Ohhhhh! Si solamente fuera rico, sería tan feliz. ¡No volvería a estar triste nunca más en mi vida!"

Randy no había hecho nada inusual ese día—nada que pudiera explicar lo que estaba por ocurrir.

Suddenly, the floor shook, a flash of lightning lit up the room, and a deafening blast of thunder shook the house. It seemed as if the sun itself had burst into his room.

Randy sat up straight in his bed. His eyes nearly bolted out of their sockets. By his window was a cloud with a man's face!

De repente, el piso se sacudió; un rayo iluminó la habitación, y un trueno ensordecedor agitó la casa. Parecía que el mismo sol había inundado su cuarto.

Randy se incorporó en su cama. Sus ojos casi saltaban de las órbitas. Al lado de la ventana había una nube ¡con rostro de hombre!

The voice spoke slowly, "Randy, you can wish for anything you want."

Then the voice warned, "But don't forget! You get only *two* wishes, so be *extremely* careful for what you wish."

Randy did not waste a second. He knew exactly what he wanted. He blurted out, "I wish *everything* I touch turns to gold!"

Suddenly, there was a loud noise. Randy blinked, and when he

La voz habló lentamente, "Randy, puedes pedir lo que quieras".

Y luego le advirtió, "¡Pero no lo olvides! Sólo se te conceden dos deseos; ten *muchísimo* cuidado con lo que pides".

Randy no perdió ni un segundo. Sabía exactamente lo que quería. Exclamó, "¡Quiero que *todo* lo que toque se transforme en oro!"

De repente se oyó un fuerte ruido. Randy parpadeó, y al abrir

opened his eyes, he was all alone. He rubbed his eyes and asked, "Did something really happen, or was it just a dream?"

Without another thought, Randy jumped out of bed and dashed across the room to touch the first thing he saw. "I sure hope my wish comes true!"

When Randy's hand touched a lamp, in a flash the lamp turned to gold!

sus ojos, se encontró totalmente solo. Se frotó los ojos y preguntó, "¿Realmente pasó algo, o sólo fue un sueño?"

Sin pensarlo dos veces, Randy saltó de la cama y voló al otro lado del cuarto a tocar lo primero que se cruzara ante su vista. "¡Ojalá mi sueño se haga realidad!"

Al tocar con su mano una lámpara, ¡al instante se transformó en oro!

Randy could not believe his eyes. He pinched himself. He was awake!

Randy held up his gold lamp and shouted at the top of his voice, "I'm rich! I'm really rich! Now I can buy everything new! This is the *happiest* day of my life!"

Randy no podía creer lo que veían sus ojos. Se pellizcó. ¡Estaba despierto!

Levantó su lámpara de oro y gritó con toda su fuerza, "¡Soy rico! ¡Soy verdaderamente rico! ¡Ahora puedo comprar todo nuevo! ¡Es el día *más feliz* de mi vida!"

Randy saw his old soccer ball. He picked it up and it instantly turned into gold. He was shocked. Then he yelled, "I've got a gold soccer ball!"

Randy had never been so happy. He jumped up and down and danced around the room, shouting, "Hurrayyyy! I'm rich! I'm rich! Hurrayyyy!"

Randy vio su vieja pelota de fútbol. La levantó, y de inmediato se transformó en oro. Quedó atónito, y luego gritó, "¡Tengo una pelota de fútbol de oro!"

Randy nunca se había sentido tan feliz. Saltaba sin parar, y bailaba alrededor de la habitación gritando "¡Hurraaaaaa! ¡Soy rico! ¡Soy rico! ¡Hurraaaa!"

Randy raced into the living room and touched the chair. It turned to gold! "Everything I touch turns to gold!" he shouted. "I'm the *happiest* kid in the *whole* world!"

Randy ran around the room touching everything he could find. And everything he touched turned to pure gold!

Randy corrió a la sala y tocó una silla. ¡Se transformó en oro! "¡Todo lo que toco se convierte en oro!", gritaba. "¡Soy el niño *más feliz* de *todo* el mundo!"

Randy corría alrededor de la sala, tocando todo lo que encontraba. ¡Y todo lo que tocaba se transformaba en oro puro!

"I can't wait until I get to a store," he exclaimed. "I'm throwing all my old things away. I'm buying *everything* new!

"I'll get a gold bike that will make Mike's bike look like a piece of junk. When I see him on his bike, I'll yell, 'Get your cheap piece of junk off the road!'"

"No puedo esperar hasta llegar a una tienda", exclamó. "Voy a tirar todas mis cosas viejas. ¡Voy a comprarme *todo* nuevo!"

"Tendré una bicicleta de oro que hará que la de Mike parezca una basura. Cuando lo vea en su bici, le gritaré, "¡Quita esa basura del camino!"

Randy bit down hard on the apple. "Ouchhh!" he screamed.
The apple had turned to gold!

Randy mordió la manzana con fuerza. "¡Ay!", gritó de dolor.
¡La manzana se había transformado en oro!

"Oh, I forgot," said Randy. "Everything I touch turns to gold. But that's not a problem."

Randy bent over the bowl and began eating another apple. He put his hands behind his back to make sure he did not touch the apple with his hands. "This isn't easy," he said, "but I don't mind. I'm extremely rich, and that's the *most* important thing in life!"

"Ay, me olvidé", pensó Randy. "Todo lo que toco se transforma en oro. Pero no es problema".

Se inclinó sobre la fuente y comenzó a comer otra manzana. Cruzó las manos por detrás de la espalda, para asegurarse de no tocar las manzanas con sus manos. "No es fácil", se dijo, "pero no me importa. ¡Soy extremadamente rico, y eso es lo *más* importante en la vida!"

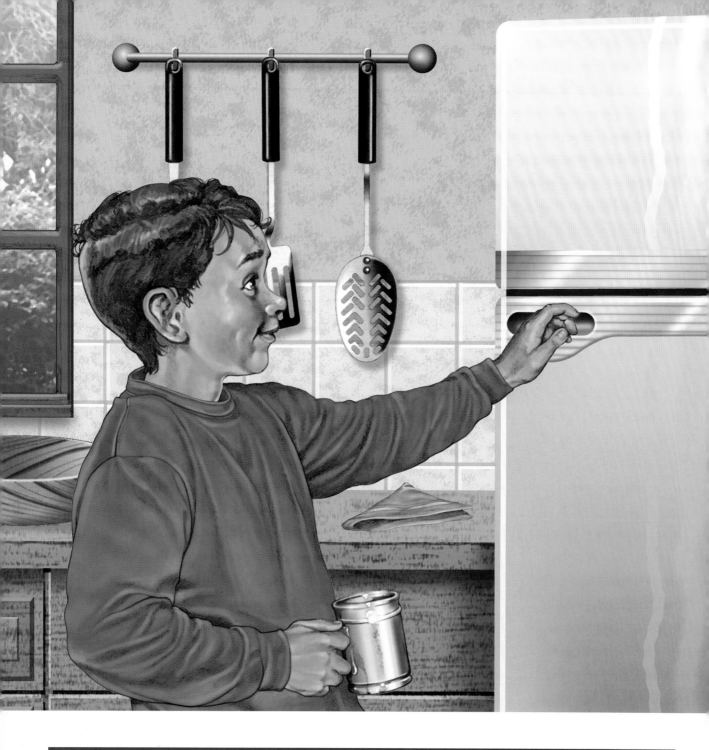

Randy became thirsty. He picked up a cup and it immediately turned to gold. "That's okay," he said smiling. "I'll just fill the gold cup with some grape juice."

When he opened the refrigerator, the refrigerator turned to gold. "Am I ever lucky!" Randy shouted. "Everything I touch turns to gold!"

Randy sintió sed. Levantó una taza y de inmediato se transformó en oro. "Está todo bien", dijo con una sonrisa. "Sólo llenaré la taza de oro con un poco de jugo de uva".

Al abrir el refrigerador, también se convirtió en oro. "¡Mira si no tengo suerte!", gritó Randy. "¡Todo lo que toco se transforma en oro!"

"This grape juice is coming out slowly," said Randy. "I'll open the spout."

As he opened the spout, he accidentally touched the juice—the juice turned to gold. Now Randy began to worry. "How am I going to get a drink? I'm thirsty!"

"Este jugo de uva sale muy lentamente", exclamó Randy. "Le abriré el pico".

Al hacerlo, accidentalmente tocó el jugo—que entonces se convirtió en oro. Randy empezó a preocuparse. "¿Cómo voy a hacer para beber algo? ¡Tengo sed!"

31

He sat there thinking. Suddenly he got an idea. "It's simple," he said.

He put his head on the faucet and pushed it. As he sipped the water he reminded himself, "I've got to be very careful not to touch the water."

While drinking the water Randy began feeling more and more miserable. "All this gold isn't making me happy anymore," he grumbled.

Se sentó a pensar. De repente, se le ocurrió una idea. "Es simple", exclamó.

Acercó su cabeza al grifo y lo abrió. Mientras bebía el agua se dijo, "Tengo que tener mucho cuidado de no tocar el agua".

Mientras bebía, Randy empezó a sentirse más y más desgraciado. "Todo este oro ya no me hace feliz", se lamentó.

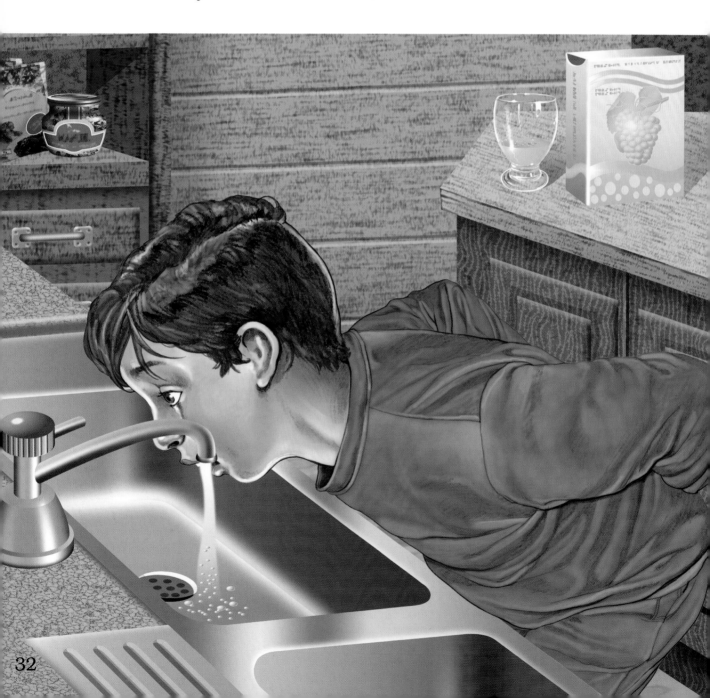

Then he looked at all the gold around him. "Why am I getting so sad?" he asked. "I'm rich!"

Randy gathered some of the gold objects and placed them on his desk. "Look at all *my* gold!" he exclaimed. "Now *I* can buy anything *I* want!"

When Randy heard Sandy, his beloved dog, he bent down and called, "Come, Sandy! Come!"

Sandy raced across the room.

Y entonces miró todo el oro que lo rodeaba. "¿Por qué me estoy poniendo tan triste?", se preguntó. "¡Soy rico!"

Randy recogió algunos de los objetos de oro y los puso sobre su mesa. "¡Mira todo *mi* oro!", exclamó. "¡Ahora puedo comprarme lo que quiera!"

Al oír a Sandy, su adorada perra, se inclinó y la llamó, "¡Sandy, aquí! ¡Ven!"

Sandy atravesó corriendo la habitación.

When Sandy jumped on his lap, Randy patted Sandy and said, "Good girl."

Then he screamed at the top of his voice, "OH NOOOOO!"

Sandy began turning to gold!

Cuando saltó sobre sus piernas, Randy la acarició diciéndole, "¡Linda perrita!"

Entonces gritó con todas sus fuerzas, "¡OH NOOOOO!"

¡Sandy se estaba convirtiendo en oro!

Randy plopped into his gold chair and cried, "Ohhhhh! How I wish I could have my Sandy back! Why does everything I touch turn to gold? This is the worst day of my life! I'm the richest kid in the whole world, but I'm also the most miserable kid in the whole world!"

Randy se derrumbó en su silla de oro y lloró. "¡Ohhhhhh! ¡Cómo quisiera tener de nuevo a mi Sandy! ¿Por qué todo lo que toco se transforma en oro? ¡Es el peor día de mi vida! ¡Soy el niño más rico del mundo, pero también el más infeliz del mundo!"

Randy looked at his gold dog and all the gold objects in his room. Then he walked into the kitchen and saw the gold apple, the gold cup, the gold juice, and the gold refrigerator. He shook his head and said, "Look at me! I'm the richest poor kid."

Then he remembered what his mom and teacher had tried to tell him. "Things don't bring happiness. If you have a loving home, clothes to wear, and food to eat, you have all you need to be happy."

Randy miró a su perrita de oro, y a todos los objetos de oro en su habitación. Luego fue hasta la cocina y vio la manzana de oro, la taza de oro, el jugo de oro y el refrigerador de oro. Sacudió la cabeza y dijo, "¡Mírame ahora! Soy el niño pobre más rico del mundo".

Y recordó lo que su mamá y su maestra habían tratado de decirle. "Las cosas materiales no traen la felicidad. Si tienes un hogar con amor, ropa para ponerte y alimentos para comer, ya tienes todo lo que necesitas para ser feliz".

"They're absolutely right," said Randy shaking his head. "Look at me. I can turn everything to gold, but I'm the most miserable kid in the *whole* world. All I want is to have my dog back and to be able to drink a glass of water!"

Suddenly, Randy jumped up and exclaimed, "I get one more wish! I could wish to have my dog back!"

"Tienen toda la razón", dijo Randy sacudiendo la cabeza. "Mira lo que me pasa. Puedo convertir todo en oro, pero soy el niño más desgraciado en el mundo *entero*. ¡Todo lo que quiero es volver a tener a mi perrita, y poder beber un vaso de agua!"

De repente, Randy dio un salto y exclamó, "¡Pero me queda un deseo más! ¡Puedo desear que regrese mi perrita!"

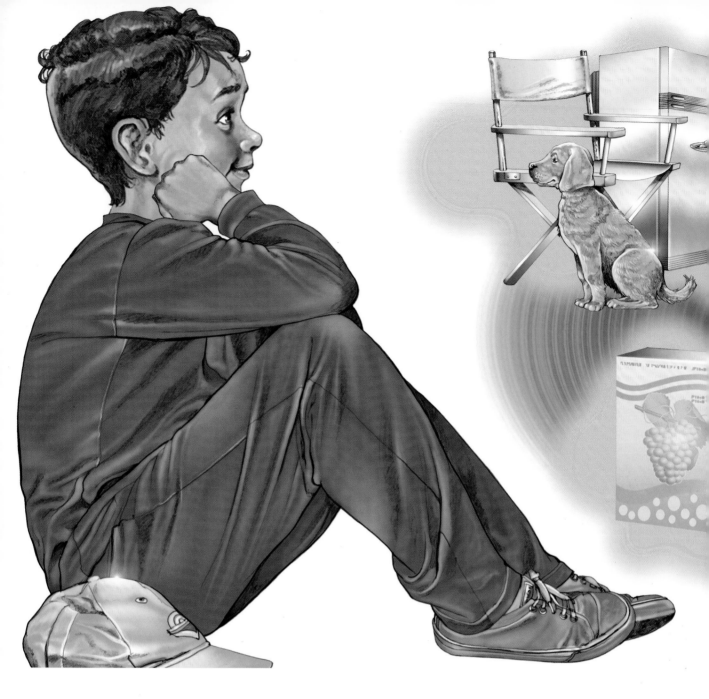

All of a sudden fear gripped Randy and sweat began pouring down his face. "What if nothing happens and everything stays this way forever? Did I really get two wishes?"

Randy plopped on the floor and began to think how terrible it would be if everything in his house turned to gold. "I could never hug my mom again," he groaned, "or hold an ice cream cone, or play

De pronto el miedo se apoderó de Randy, y el sudor comenzó a correrle por la cara. "¿Y si no sucede nada, y todo queda así para siempre? ¿De verdad eran dos deseos?"

Randy se derrumbó al piso, y empezó a pensar qué terrible sería si todo en su casa se convirtiera en oro. "No podría volver a abrazar a mi mamá nunca más", se lamentó, "ni sostener un helado, ni jugar

soccer, or play with Sandy. Oh, how I *hate* that everything I touch turns to gold. What a terrible, miserable life!"

Then Randy remembered the voice had warned him, "Be *extremely* careful for what you wish."

Suddenly, his eyes lit up. "I may *have* another chance!" Then he said, "If I have another chance, I've got to be very, very careful for what I wish."

al fútbol, ni jugar con Sandy. Oh, cómo *odio* que todo lo que toco se convierta en oro. ¡Qué vida tan terrible y miserable!"

Y entonces Randy recordó lo que la voz le había advertido, "Ten *muchísimo* cuidado con lo que pides".

De repente, sus ojos se iluminaron. "¡Tal vez tenga otra oportunidad!" Entonces dijo, "Si tengo otra oportunidad, tengo que tener mucho, mucho cuidado con lo que pido".

Then Randy became excited, "I can wish for everything to be the way it was before! Then I can once again run and play ball and do other fun things."

Tears began streaming down his face. "I don't care if I *ever* get anything new again for the rest of my life. I just want to live the way I used to."

Y Randy empezó a entusiasmarse. "¡Puedo desear que todo vuelva a ser como antes! ¡Así podré volver a correr y a jugar a la pelota, y hacer otras cosas divertidas!"

Le empezaron a salir lágrimas. "No me importa si nunca vuelvo a tener algo nuevo por el resto de mi vida. Sólo quiero volver a vivir

Knowing it would be his last chance to make a wish, Randy sat there and thought. After thinking a long time on what he should say, he said very slowly and carefully, "I...wish...everything... would...be...like...it...was...before!"

como antes".

Sabiendo que podría ser su última oportunidad de pedir un deseo, Randy se sentó a pensar. Tras reflexionar por un largo rato sobre qué debía decir, muy lenta y cuidadosamente dijo, "Quiero...que todo... vuelva...a ser...¡como...antes!"

Suddenly, there was a flash of lightning, then a loud blast of thunder that shook the house. Smoke filled the room.

When the smoke settled, everything Randy had touched became normal again. The chair turned into wood, his soccer ball became

De repente estalló un relámpago, y luego rugió un trueno que sacudió la casa. La habitación se llenó de humo.

Una vez que el humo se hubo despejado, todo lo que Randy había tocado volvió a la normalidad. La silla volvió a ser de madera, la pelota de fútbol se ablandó, y Randy pudo volver a jugar con todos

soft, and once again Randy could play with all his games.

Best of all, Sandy jumped on his lap and began licking his face. Randy was so happy that he hugged Sandy and danced around the room, shouting over and over again, "This is the happiest day of my life!"

sus juegos.

Y lo mejor de todo fue que Sandy saltó encima de él y comenzó a lamerle la cara. Randy estaba tan feliz que abrazó a Sandy y comenzó a bailar alrededor de la habitación, sin parar de gritar, "¡Este es el día más feliz de mi vida!"

While Randy was shouting and jumping up and down for joy, he suddenly woke up. The noise caused Mom and Sandy to rush into his room. Sandy jumped on his bed and began licking his face.

"Are you okay?" asked Mom.

"You didn't turn to gold?" asked Randy.

"Of course not," laughed Mom.

"I dreamt that everything I touched turned to gold," explained Randy, as he held Sandy close in his arms. "I thought that would

Randy gritaba y saltaba de alegría, y de repente, se despertó. El ruido hizo que Mamá y Sandy entraran corriendo a su cuarto. Sandy saltó sobre su cama y comenzó a lamerle la cara.

"¿Estás bien?", preguntó Mamá.

"¿No te convertiste en oro?", preguntó Randy.

"Por cierto que no", contestó Mamá, riendo.

"Soñé que todo lo que tocaba se convertía en oro", le explicó Randy, mientras abrazaba fuertemente a Sandy. "Pensé que eso

make me happy, but I was miserable. Now I'm thankful for the way I live and even for my old toys. I'm also thankful for having a real dog and the best mom in the whole world."

Then he reached out and gave his mom a giant hug. "I love you, Mom! Now I know that even though we don't have money, I'm the richest poor kid because I have a mom like you."

me haría feliz, pero me sentía muy desgraciado. Ahora estoy agradecido por la forma en que vivo, e incluso por mis viejos juguetes. También agradezco tener un perro de verdad, y la mejor mamá del mundo".

Y se estiró y le dio un abrazo inmenso a su mamá. "¡Te quiero mucho, Mamá! Ahora ya sé que aunque no tengamos dinero soy el niño pobre más rico del mundo, porque tengo una mamá como tú".

"Thank you," said Mom as she kissed Randy and wiped tears from her eyes.

The next day when Mike laughed at Randy for working so hard, he said to Mike, "You can laugh all you want. It doesn't bother me."

"Gracias", le dijo Mamá mientras lo besaba y se secaba las lágrimas de los ojos.

Al día siguiente, cuando Mike se rió de Randy por trabajar tan duro, Randy le dijo, "Puedes reírte todo lo que quieras. A mí no me importa".

46

When Randy went to school, he held his head high. No longer did he care what anyone thought about his old clothes or his old family car. And whenever he rode his old bike, he said, "I'm sure glad my bike isn't made of gold!"

Cuando Randy iba a la escuela, llevaba la cabeza en alto. Ya no le importaba lo que cualquiera pudiera pensar sobre su ropa vieja o el antiguo auto de la familia. Y siempre que andaba en su bicicleta vieja, decía: "¡Sí que estoy contento de que mi bici no sea de oro!"

# Read Exciting Character-Building Adventures
## ★★★ Bilingual Another Sommer-Time Stories ★★★

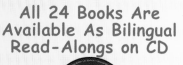

## For More Information Visit www.AdvancePublishing.com/bilingual